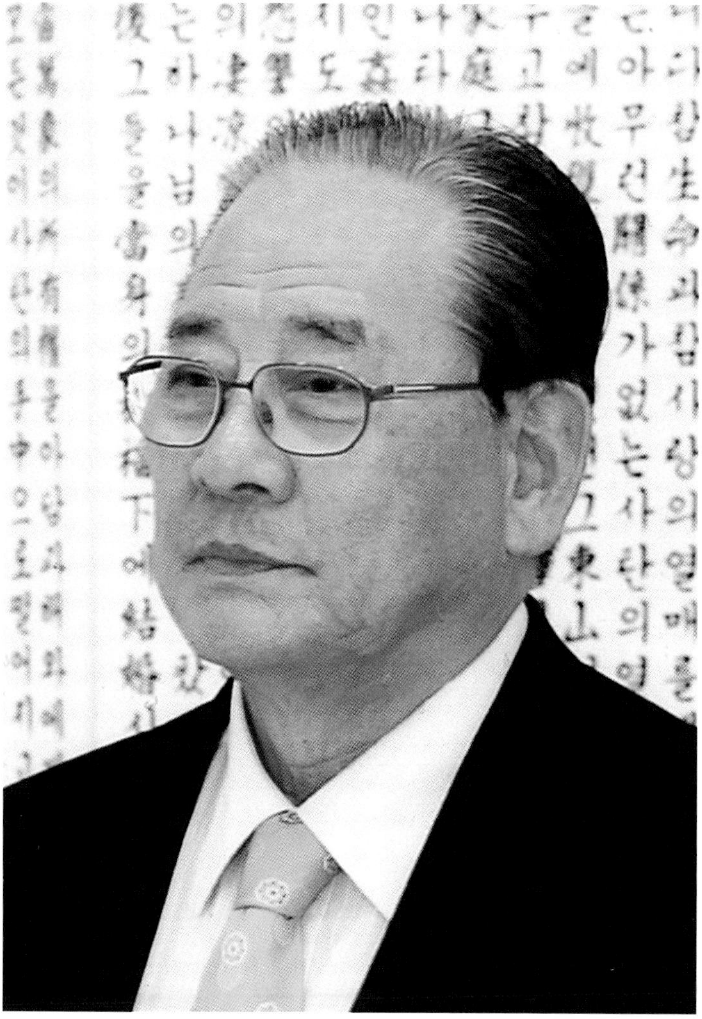

시간의 거울

서상은 시집

시간의 거울

인 쇄| 2019년 9월 05일
발 행| 2019년 9월 10일

글쓴이| 서상은
펴낸이| 장호병
펴낸곳| 북랜드
　　　　06252 서울 강남구 강남대로 320 황화빌딩 1108호
　　　　대표전화 (02) 732-4574|(053) 252-9114
　　　　팩시밀리 (02) 734-4574|(053) 252-9334

등 록 일| 1999년 11월 11일
등록번호| 제13-615호
홈페이지| www.bookland.co.kr
이 - 메일| bookland@hanmail.net

책임편집| 김인옥
교   열| 배성숙 전은경

ⓒ 서상은, 2019, Printed in Korea
저자와의 협의하에 인지를 생략합니다.

ISBN 978-89-7787-888-4 03810
ISBN 978-89-7787-889-1 05810(E-book)

값 15,000 원

서상은 시집

시간의 거울

북랜드

살아오면서 쏟아낸 여러 말 중에
되는 말보다 안 되는 말들이
너무 많았다, 허허! 참 그래 보니
그게 내 삶이었고 내 詩가 그렇다
신께서 허락해주실 날까지는
고향 땅에 곰솔이나 더 심어놓고
떠나고 싶다만 그것도 한갓 욕심
이제는 스스로 몸과 말을 아끼며
조용히 더 깊은 사유에 들고 싶다
거센 태풍 뒤의 적막처럼

2019년 가을 호미곶 休休堂에서
서 상 은

차례

2 오동꽃 필 무렵

3 자존의 꽃

1

시간의 거울

곡점

시인이 되려는 꿈은 꾸지 않았다
목민심서를 읽어도
애민의 지도자가 되지 못했다
절벽을 향해 광풍 속 파도를 향해
무작정 뛰어들어 허우적거리다
겨우겨우 건져 올린 저녁별 같은
나의 시편들 나의 소나무들
시간을 건너는 나의 시계視界는
어디까진지 나도 알 수 없지만
귀도 먹먹 말도 어눌해져 결국
빌붙을 곳은 고향땅 노란 달 보며
세속의 적막 곱씹으며
숱하게 허송한 옛일 뒤적거리기나

궁합

낙조에는 보리탁주가 제격
거기 한술 더 뜨면
누른 놋잔에 입술 대기 전
새끼손가락 쏙 꽂아
휙 저어주면 술맛 더 제격

또 빈손

밤 이슥토록
빈손이다

"여태 안 주무시고
뭐 하능교!
눈 좀 붙이세요."

오늘 밤은
나처럼 잠 못 들고
끙끙 앓고 있는
집사람 말이 詩다

에라, 마 자자

가지치기하다가

어디 사람의 호사가 그러하더냐

오, 귀 밝은 소나무여

바람에 매 맞은 수피 속에서
너는 꿈을 키우며
보란 듯 봄여름 싹을 피우지만

나는 부끄럽다
도전은커녕 곧 들이닥칠 끝물의
지우개도 장만하지 못했으니

독거獨居

길 잃어 허둥대는
잔파도 물결 속을
유유히 놀고 있는
눈이 까만 물고기

어쩌겠나, 가는 봄날을

그대 모습 장미꽃보다 고왔소
산 넘고 물 건너오느라
담묵淡墨이 다 된 모습
그대에게 물어보지 않으련다
그 사정 나도 좀 아니까
그래도 같이 밥 먹는 이 순간
허물없이 주고받는 밀담도
구렁이 담 넘듯
스르륵 넘어가는 즐거운 날

마지막 길

1963년 선우휘 선생이 수필의 길을
2006년 문병란 시인이 시의 세계로
나를 불러들였다
문단입성 그날부터 지금까지 실은
목숨과도 바꿀 만한 깨어있는 작품,
한 편도 생산하지 못했다
오, 비굴하고 부끄럽고 한심하다
더 깊은 사유와 고뇌 속의 자유까지
소화하고 비워줘야 좋은 글인 걸
바람맞이에 나앉은 저 늙은 새는
지금 노래하고 있나 울고 있나

먹墨을 갈다가

다들 한 번쯤은
꽃이 되었다 가는,
저 자작하게 늙은
얼굴 보아라
평생 흘린
눈물계곡 같은
주름살 하며
울음 가둔 눈자위
짓무른 자국 하며―
늙음도 실은
폐도행廢道行 형벌인걸

먼 하늘

소나무는 네가 심어라
키우기는 내가 키울게
오늘은 먼 하늘이
군자님이시다
자연이 감춘 몫
업인들 식목이 아니고
육림이라 하시는
하늘이 군자님이시다

미루지 말 일

하루라도 미루지 말 것
빚 갚는 일
용서하는 일
사랑을 고백하는 일
나 살아서 고마운 모든
인연들에게 하루바삐 —

바다 본색

한바다 물결은 늘 침묵
점잖게 참고 일렁일 뿐
본색을 드러내지 않는다
참고 미루고
아픔을 밀고 밀어
어느 절박한 뭍에 가야
폭발하듯 파도치며
울며 흐느낀다
길고 긴 하얀 세월
밥 한술 뜨는 일이
높은 설산보다 가팔러

바람 경_經

살자 살자 언약해도
바람이 쓸어가고

죽자 죽자 언약해도
바람이 쓸어가고

무슨 할 말 있는가
내가 내게 물어보면

바람 따라 멍하니
가는 세월 구경한대

백세百歲

백세라 백세라
함부로 입 놀리지 마라

그 백세란 말

죽지 못해 사는 생은
억울하고 아프다

혹여 꿈꾸지도 말고
제발 기다리지도 말자

벼랑길 타령

그래 그런지도 몰라
내 글씨체는 보기에 좀 삐딱하다
눈물 없던 유년의 어느 봄날
작두에 여물을 밀어 넣었을 때
꼴머슴 만득이는 너무 용감했을까

잘린 내 손가락이
바닥에 통통 튀며 춤을 춰도
수습하지 못한 채
팔순을 그냥 넘겼으니, 내 삶도
좀 삐딱하게 살아오지 않았을까

정든 구만리

노두길도 사라진 아스팔트길에
굳이 낫살이나 먹었다고
벌써 몸이 자꾸 비틀거린다
비탈이다, 조심조심 걷자
그늘에 핀 꽃들에 눈 주지 말고

봄바다, 그 봄비

호미곶, 구만바다
수직이 아니면 어떤가
사선으로 내려도 좋다
숨 가빴던 파도 위에
조용히 봄비가 온다

갈매기도 자릴 비운
비 젖은 바윗돌과
방파제를 농락하던
잔파도도 잠재우며
조용히 봄비가 온다

한 번도 가닿지 못한
그 어느 가녈으로
조용히 나를 부르는
어머니의 자장가 같은
봄비가 온다

시간의 거울

육십까진 거울 속의 내가 나였다
칠십을 넘겨 팔십마저 삼키고 보니
거울 속의 나는 내가 아니었다
심한 파도에 밀려 줄무늬가 박힌
무잡하게 깨진 조개껍데기였다

구만리 물에 수수만년 비바람에
시달려온 저 구걸의 바윗돌은
왜 여직 바다만을 바라보며
엉긴 꿈을 토하고 있는지 몰라도
나는 영영 그 아무것도 아니었다

늙음

나만 늙는 것이 아니고
잠 안 오는 밤
눈감고 누웠으면
헌책들 포삭— 삭는 소리
책장 나사 풀리는 소리
밤이 몰래 숨는 소리
별이 지는 소리가
귀에 고인다
우 우 밤도 가기 싫은
가을밤은 더 그렇다
삼라만상이 콜록거리며
통과의례를 치르는 듯
그래서 외롭지 않다
누구나 용꿈을 꾸지만
얄궂게도 우리 모두 다
무너지고 있으니까
때로 내 손이 닿지 않는
엄밀한 부분까지

가소로운 가려움도
지나간다, 지각생같이
세월은 참 그래 보니
억울한 혼도 끌어내리는
미끄럼틀이어서

이런 밤이면

그건 아닌데, 라고
마음먹고 자는 잠은 달다
긴가민가 복잡한 생각에
파도 소릴 들으면
잠은 영영 나를 거부하고
멀리 달아나 버린다
그대여 나를 버린 바람과
영영 늙지 않는 바다여
이 한 편의 시로
나를 달래주오
편안한 꿈과 푸른 들판에
잠자는 늙은 사슴같이

2

오동꽃 필 무렵

다시 천주의 뜰로

칠십 넘게 불문에 드나든 나를
내 아내 세실리아*가 천주의 뜰로
나를 이끌었다
땅속으로 피신한 씨앗처럼 나를
경망스럽다고 꾸짖지는 않을까
다시 불변의 의지로
불변의 땅으로 떠나는 이 길을
나는 무슨 말로 대변할까
세속의 목적이나 안일을 위해
흔한 눈빛 하나 주지 않았지만
변신 바쁜 세상에 번번이
귀먹은 외골수로 살아온 것도
용서해주실까,
때 묻은 과거도 사랑해주실까
아직도 혹 숨겨둔 미혹 있다면
언제든 신부님께 고해성사로
이 세상 부끄러운 거짓의 속내
숨김없이 다 털어 놓으리다

* 아내 조옥선의 세례명.

32

살아나라 겨울이여

겨울은 결빙의 투명한
포댓자루를 걸쳐 메고
보리언덕을 넘으며
산협과 천길 물속에서
고행 중이다

살아나라 겨울이여
유혹의 봄바람과
진땀 나는 폭염을 물리치고
차가운 동장군의
위용을 뽐내며

살아나라 겨울이여
바다 가녘에 갈매기 띄우고
우리 모두 그 바람에 살자
그 바다에 살자
살아나라 겨울이여

몰래 오는 가을

해 저무는 공당空堂에
모시적삼 걸어두고

먼 산 내다보니
내 짐짓 홍안紅顔이라

술도 끊었는데
가을은 노을처럼

아니 올 듯
슬쩍 오신가 보네

새여 나와 같이 물 먹자

새는 늘 목이 마렵다
마른하늘을 헤매니까
너는 사실 지상의 것,
강물과 산과 들에도
아무런 소유권이 없는
방생의 특권자일 뿐
어느 날 배고파 우루루
날아들어 재재거려도
누구 하나 너 배고프냐
묻는 이 없구나
세상사 참 요상해서
물 먹어본 자는 안다
장마당 헛장사 같아도
새여, 여기 옹달샘에
자, 나와 같이 물 먹자

수평선

아득하여 가까이 가서 보려고
가고 또 가도 아득한 선線 하나
살아서는 잡지 못할
불구대천不俱戴天 선이라고
툭― 목하目下의 파도가 날 깨운다

오동꽃 필 무렵

늦잠에도 봄은 지척인데
오동꽃은 왜 그리
내 마음 몰라주나

호미 숲속 홀로 숨어있는
오동나무 한 그루
이 봄만도 두서너 번은
더 찾았건만

더디게 더디게
필까 말까 망설이는 이유
그 마음 알 수가 없네

하기야 넌들
잔파도에 귀 적시는
내 마음 알기나 할까만,

외골수

　대보국민학교(현 초등학교) 입학 첫날, 가시나 머
스마 모두 발가벗은 채 키 재고 몸무게를 달았다
그것이 마냥 부끄러워 살며시 빠져나와 집으로 와
버린 먼 나의 동화童話, 그 후 한 번도 학교에서 웃
옷을 벗어본 적 없는— 나는 따스하면서도 엄격했
던 '나까노 스나꼬' 일본 여선생도 알아주는 불통
외골수였다 실은 지금껏 오롯이 그런 고집으로 고
향 호미곶을 떠날 수 없었다

용서 容恕

붉은 꽃무리 속에서
유독 하얗게 핀 꽃 하나

너무 곱고 애틋하다

데리고 갈 수도 없고
그냥 눈 딱 감고
길 떠나며 뒤돌아보니
짐짓 보이는 건
원 근간 붉은 꽃무리뿐

누구도 돌봐주지 않는
그 흰 꽃은
스스로 몸을 숨긴 듯

허공에 붓질하며

기왕
이까지 왔으니
좀 더 곱게
늙었다 가리

때 묻지 않고
병들지 않고
좀 어리석게
살다 가리

등대 불빛 아래
소나무 아래서도
돌아보니 나는
늘 혼자였지

물새 놀다 간
바닷가 빈자리
허연 낮달처럼
늘 혼자였지

하인何人이 何人에게

나이 들어 주고받는 말이라면
목에 걸릴 말은 좀 접어두자
평생 말과 말에 치어
피골이 상접한 사람들끼리
아직도 무슨 약발이 남아
입만 떼면 한심한 넘* 얘기—
우리 좀 우아하게 늙읍시다
곧 목곽에 묶여 먼 낯선 세상
친구도 없는 곳으로 던져질,
거품 문 저 입의 측은함이여

* '남'의 방언(경상, 전라, 충남, 평안)

찰나刹那

너무 더디게 온 듯도
너무 급히 온 듯도
봄눈처럼 바람에 날려
날려
또 어디로 갈 건지
그간 내 슬픔은
한낱 구경꾼이었나
세월에 버림받은
일회용 소모품이었나
보일 듯 말 듯 한
아득한 딴 세상이
턱 밑에 와있다는데
가는 길도 혼자라는
말, 짐짓 알고 있다만

재滓

검불로 타다 남은 검은 재보다
눈, 비바람에 파랗게 녹이 슬어
숙명같이 오래오래 녹이 슬어
동녹銅綠의 푸른 재가 되었으면

잘난 천추千秋

꽃들이 다투어 피는 건
다 제 잘난 맛이다

산수유부터 등 떠밀어
저마다 꽃샘인데

나도 허기 차서
옹달샘 물 한 바가지

절골 낮 꿩이
저도 질세라 꿔엉 꿔엉

눈치를 보니

꽃나무도 잠자고 싶어
겨울을 기다리네
봄부터 가을까지
바람에 시달리며
잎 피워주고 꽃 피워내고
낙엽까지 다 뿌려줬으니
조용히 흰 눈이나 덮고
겨울잠이나
푹 잤으면 하고

그림자 넋두리

꽃 함부로 꺾지 말고
새 함부로 쫓지 마라
네 그림자가 보고 있다
달빛이 너무 투명하여
감출 수도 없다
해처럼 살아야 하나
별처럼 살아야 하나
喝, 자연은 속이 깊다

치과를 다니면서

아, 이제 세상 다 살았다카이
먹는 것도 맘대로 못 먹으니

神께서 내린 벌인가 은총인가
물만 먹고 살 수 있다면
세상 좋겠다만,

불그죽죽 늙어 뿌리까지 뽑혀
고맙던 젊은 날이 참 서럽다

빈 차를 타고

호미곶 종점에서 외출은
버스가 대세다
그리운 사람 만나러 오듯
차 시간도 정확하게
나를 태우러 온다
중간중간 다 내리고 온통
빈 차를 전세 낸 것처럼
나 혼자 허허롭다
언젠가 저세상으로 가면
이 호젓한 고향길이
눈에 선하리 구만리 길

공터

기억의 누구누군 벌써
공터 같은 사진틀 속에
무표정으로 누웠다
곱든 싫든 스친 인연
이젠 내 낡은 명부에서
지워버려야겠다
조문하고 돌아오는 길
핑그르르 눈에 괴는
눈물방울에 눈이 먼다
나도 짐짓 어둠에
희붐히 탈색되고 있음

3

자존의 꽃

홍매紅梅야

홍매야 홍매야
너, 무슨 통한의 연유 없은들
그리 붉게 꽃피니

한낱 부족 없는 위인도
때 되면 말없이 그냥 가느니
너는 그리 온몸을 태워
해마다 새봄을 힐난하는가

아, 나는 어느 흐린 날
명목 없는 노골로
말없이 우레 속에 갇힐는지

완월玩月

월색의 힐난 같은
그 희담戲談 밤 내내
후루룩 다 받아먹었더니
몸이 한쪽으로 기운다
무량한 영일만 완월이여
이 밤은 천생 누구랑
온몸에 향유라도 발라
돌고래 무등이나 타볼까

자존의 꽃

그래 왜 저 꽃처럼 물들라 하나
내가 왜 저 꽃이 돼야 하나

무엇 때문에 나를 버리고
너처럼 주섬주섬 시들라 하나

마음 비워주고 자리 내어주고
마침내 해변에 홀로 핀 꽃

누가 뭐래도 난 나대로 시들어
가당찮은 죽음을 나답게 맞으리

우울한 여행

방금 파밭에서 캐낸
쪽파 다발이 적멸로
좌판 위에 놓였다
신선하단 죄목으로
곧 유죄선고를 받아
어느 식단으로
서둘러 팔려 갈 막간
그 누구도 저 굴욕
알아채지 못하네
장마당을 곁눈질한
봄볕 말고도 더
지친 모노크롬이여

우리가 함께라면

우리가 함께라면
무엇이 두렵고 무엇이 어려울까
마음과 마음, 힘과 힘이
손잡아 주는 세상을
꿈꾸지만 말고 바로 세우자
패거리정치 패거리사회
패거리문화가 판치는 세상
콩을 팥이라 우겨서 될 일인가
인간들 참 참 참
먼 산 뻐꾸기도 하 같잖은지
꼴값으로 운다 뻐꾹 뻑뻐꾹 뻑

우리 서로 사랑하자

우리는 너무 성급해서 탈이다
세상 좀 멀리 보자
오늘의 내 작은 용서가 훗날
어떤 밀알이 되어줄지 모르지만
우리 세상 좀 멀리 보자
무엇에 잔뜩 찌든 이 시대
세상만사 별천지가 따로 있나
넘치는 오기로
미워만 하지 말고 겁주지 말고
따뜻하게 보살펴라
사랑은 영원한 것, 사랑은
돈과 권력보다 아름답고 강하다
사랑은 네 편 내 편이 따로 없다
사랑은 늘 우리들 편이다

요리 솜씨

된장 풀고 멸치 한 주먹
손절구에 비벼 넣고
없으면 없는 대로
있으면 있는 대로
청양고추 썰어 넣고
애호박 있으면 넣든지
두부 반 모 썰어 넣고
생마늘도 듬뿍 한 숟갈
장맛은 뚝배기라
중간 불 위에 진득이
허 참 이런 맛 봐라
딴 찬은 필요 없다 카이

외로워서 그립다

늙어서 외롭고
무소식이 외롭고
늙어 장사 없고
건너뛸 일 없다
목전의 귀로로
느리게 느리게
걷다 쓰러지다
세월이 부르면
그냥 따라가리
그리움 하나만
가슴에 꼭 품고

옥선*아

옛날 당신 이름 부르면
좀 촌스러웠는데, 오늘
새삼 다시 불러보니
달빛 바다 잔물결에
찰랑찰랑 옥구슬 구르는
맑고 고운 이름이네요
여보! 평생토록
날 졸졸 따라다닌다고
고생 많이 했소
그 잔소리 고집 보따리도
이제 다 내려놓고
제발 더 아프지도 말고
사는 대로 살다가요
그래도 당신 때문에
행복한 生이었소, 仙아

* 아내인 서양화가 趙玉仙

흥해興海

홍해는 동해의 전진기지
호랑이 꼬리뼈의 안태
포항의 젖줄 같은 곳
우리의 東南北線 기차,
언제쯤 원산을 지나는
기적 소리 울리며
두만강까지 달려갈까
차분*아 건강하게 오래
오래 살아라, 곧
그런 좋은 날 올 거다

     * 흥해로 시집간 늙은 여동생

호미곶 갈매기

봄 지나 여름 오면
가을 가까운데

설한풍 이겨야 할
눈먼 별처럼

오늘도 내일도
호미곶 못 떠나고

축 늘어진 내 앞섶
적시는 울음이 돼

염천

다 포기했다
땡볕에 이길 장사 없다 했더니

아뿔싸!
짝 부르는 매민 폭염도 불살라

미련

혹 이승 빈자리쯤 스친
작은 연緣이 남았다면
외나무다리 원수 보듯
어느 저잣거리에든
한 번쯤 마주칠까 싶어서

아직도 늦지 않았다

아직 무사히 살아있다면
뉘 울린 일에 사죄해라
사죄하지 않으면
눈 감고 못 죽는다
그뿐이랴
죽은 후에도 네 이름은
악명으로 차갑게 남는다

시간의 정체불명

—호미곶 해맞이광장에서

조용히 눈 감고 있으면 세상이 다 정체된 듯
착각하지만
지상의 모든 것 끊임없이 생겨나며 사라지며
요동치며 그렇게 시간은 흘러가고 있다

30년 나무심기 사랑 없으면 못 했으리라
이 작은 곰솔이 우람한 거송이 되리라는
그런 꿈이 없었으면—

언제 그런 날이 올는지 하는 기우는 기우였다
세상이 거꾸로 가도 자연에 심는 사랑의
일지춘심一枝春心은 위대하고 고절하니까요

서울은 지옥인가

시골 할배가 손주 만나러
서울로 갔다
야야, 저 많은 사람들
다 뭣하고 사노
전신만신 거짓말 해먹고
산다쿠네예!
야야, 안 되겠다
아는 늠이 더 도적이다
당장 보따리 싸라
내캉 내려가 농사나 짓자

서울 지하철

요즘은 스마트폰이 대세라니
모두들 스마트폰에 목매달고
아니면 잠을 설쳤는지 눈 감고
팔십 노인 눈앞에도 요지부동
노인석 여섯 자리는 초만원
허, 서울 노인네도 좌불안석인데
시골 영감까지야 지제 오겠나

저 영감탱이, 참

쇠푼이나 지녔다고
안하무인 망동하는
쇠가 쇠를 실구는
그런 꼴 많이 봤다
낫살도 格이라서
格은 品을 쌓으면
중후한 탑이 됨을,
노망이 따로 없소
마, 입 꾹 다무시고
귀도 염殮하시오
저승길도 눈앞이니

4

호미수회虎尾樹會 사람들

봉화산 산 꿩

봉화산 자락에 산 꿩이 꿩꿩
어린 내가 보낸 춘궁은
허둥지둥 참꽃*이 밥이었지

먼산바라기 나를 보고
산 꿩이 "이젠, 배 안고파?"
어쩌겠니 세월이 약이라 꿩

    * 진달래

구룡포 유감

　고향 집 갈 땐 사촌 집 둘러보듯 꼭 들렀다 지나
가는 구룡포, 모리국수 한 그릇씩 받아 앉아 집사
람과 얼굴 마주 쳐다보면 먹는 기쁨이랑 그 맛이
죽여준다 고깃살이 매콤하게 면발에 감춰 술안주
로도 손색없는 얼큰한 맛 옛 장날은 없어지고 상설
시장이 된 골목시장 좌판마다 산수진미 가득하니
참 좋은 세상 됐다 바다 안개 자욱한 고깃배들 위
로 허기진 갈매기 울음도 오늘따라 정겹다

다시 바다여

바다는 짐짓 나의 모든 것을 알아버렸다
나를 보면 더 출렁이고
잠들면 호통쳐 깨우고
바윗돌에 종주먹을 들이대며 겁주구나

그냥 잠들지 못하겠구나
이생의 마지막 사랑 버리지 못하겠구나
끝끝내 꼼짝없이 파도 줄에 묶여버린
아, 나는 작은 해변의 늙은 촌놈이구나

누구든 잘해 주소

우리 뭘 잘 압네까
꽃 필 때마다
진동하던 아우성
진정 나라를 위해
백성을 위해
소리친 울음이면
누구든 잘해 보소
우리가 뭘 압네까
세상 돌아가는 대로
사는 서민입니다

그대 호미곶 소나무여

누구는 소나무그림을 그리고
누구는 소나무우는소릴 노래하고
누구는 그 자연에 꿈을 꿉니다

낙향 30여 년, 나는 그 무엇으로
그대 녹록잖은 품삯이 되었을까
그리운 고향땅은 늘 허전하기만

그 파도가 그 파도를

한 줄기 파도가 염탐이나 하듯
연안에 다다른다
곧이어 지원병인 양
더 굵은 파도 발이 밀려온다
침묵하던 앞 구만 방파제가
가쁜 숨을 몰아쉰다
통통배 고물이 토끼 귀처럼
피었다 접었다 소란이다
와르르 쏴아— 쏴아—
부서지고 깨지며 부침하는 말
오늘은 나도 젊은 파도다,
백지장에 노니는 갈매기처럼

호미곶 파도

우우- 흐느끼며 달려오는
저 통곡을 어이할거나
우린 짐짓 목이 메어
꺼억 꺽 우는
갈매기 가슴인데
하필 호랑이꼬리에 와서
겁도 없이 울음을 부리나

사랑 고백

죽고 못 살도록
좋으면
죽어도 좋다

사랑하니까!

잔파도

비바람에 탈진한
물이랑 하나
홀로 어디로 가나

허기 닦아줄
섬島도
노을도 없었을까

재가한 아낙처럼
눈치를 살피다가

국숫집 면발처럼
자잘하게 아프게
자갈밭에 부서지네

멸치

작아도 배짱 하나 좋은
이 땅딸보들의 다큐멘터리

범고래에 보시하면서도
가히 똘똘 뭉친 입신이여

더운 물에 목욕재계해도
멀쩡한 반투명 별종어사

대가리도 눈망울 이빨도
단단한 똥집까지 완전체

오, 무슨 인연으로
죽어서도 다시 살아

내 가난한 아침밥상까지
멀리 헤엄쳐 왔단 말인가

눈먼 백금 바다

부서진 파도가 갯바위를 덮어도
음표만 찍어대는 저 갈매기 울음
나도야 하루 종일 목을 뽑아
바로 그 대목 호미곶 솔숲 소리
막혔던 한 소절 먹물 적셔 봐도
나도 갈매기도 아랑곳없이
늘 비백으로 남는 눈먼 백금 바다

호미수회 사람들

그날을 기다리며

먼 훗날 거기 동틀 때
갯바람 휘감고 춤출 해송을 위해
오늘도 비바람에 젖는다

폭풍도 거기 머물면 고요가 되고
그 고요 어느 날 고절한 정신으로
다시 우리를 크게 깨울 것이라고

척박한 자갈밭에 수십 년 넘게
죽자 살자 소나무를 심는 사람들

남이사 뭐라 한들
그 길은 꼭 영원에 닿으리라는,

牧人 저상렬 $_{徐尙烈}$ 시인

미도다방에서 수성못으로 갔다
수없이 널어선 포장마차들
"아 팔아주려면 몇 잔씩이라도
골고루 팔아줘야지! 안 그래요."
초입부터 차례로 돌아가며
한 잔 두 잔 달달하게 마셨더니
가게마다 금복주도 바닥나고
못물에 비친 낮달까지 불콰했다

84

그대, 내 조국 기둥뿌리시여

  ─이영희* 선생의 <만엽집>을 기리며

동서고금 역사의 거울은 언제나 겁이 없다
그것이 줄기이든 뿌리이든 간에
파당이 넘치는 세간에 불출문기不出文記로
일본고대사 <日本史記萬葉集>을 이두로 해독
옛 역사를 거울처럼 비춰주신
이영희 선생이시여
1300년 전 잃어버린 왜곡된 우리 역사의 눈에
평생을 매달린 이분을 어이 잊을 수 있겠나
신라가 무쇠권력으로 무장할 때
<영일 땅 도기야(도구)의 延烏朗 細烏女와
신광 땅 비학산의 末鄒와 斯申支>가
일본에 망명해 우리의 주물술을 빼갔다는
이 또한 아이러니한 역사의 편력 앞에
누구는 설화라는 이름으로 포장하지 않았을까
바로 그때 그 잃어버렸던 우리의 기술이
훗날, 역사의 바람길을 헤매다
쇳물 넘치는 인연의 땅으로 다시 회귀하듯

우연이 아닌 운명적 필연으로 돌아온 곳이
바로 내 고장 포항 영일 땅이 아니었을까
선생은 <만엽집>에서 많은 것을 직시한다
역사를 외면한 민족이 그들 후예들에게
그릇된 역사를 가르치면 그 민족은 꼭 망한다
우리가 진정한 자신을 회복하는 길 그것은
꼭 알고 넘어가야 하는 앞으로의 역사 앞에
진정 부끄럽지 않은 민족으로 살기 위함이다

* 수필가, 동화작가, 한국일보 기자, 국회의원을 역임.
  일본고대사를 통한 우리 역사와 문물이 일본의 발
  전에 영향을 준 그 위대성과 신라역사를 통찰하신
  분이다. 노환에 계신 선생님은 우리 고장의 자랑스
  러운 위대한 선지식이시다. <또 하나의 만엽집>
  <침사의 비밀> 등 많은 저서가 있음.

아직도 그 모래밭은 뜨겁다

—동해중학교 개교 70주년을 축하하며

내가 20대에 이 학교에서 영어 수학을
가르친 선생님이었던 곳
배움만이 가난을 물리칠 수 있다고
헐벗은 아이들에게
영일만에 치닫는 샛바람쯤이야
무서울 것 없다며
'먼바다를 꿈꿔라' 날개 달아 줬던 곳
그 풍찬노숙의 세월 끝, 보라
그런 이곳이
역사 군자 태어나고
용광로 쇳물에 나라가 일어서고
국토 첨병 해병의 함성 울려 퍼지고
환태평양 르네상스 활짝 꽃피는
성지가 될 줄 그 누가 알았을까

일찍 이 황량한 바닷가 사구에
천하 육영이란 큰뜻을 세우고

동해란 대망의 이름으로 위대한 학덕의 문
활짝 여신 이중우 박사께서
그 정신 그 업적 오늘로
70성상 꿋꿋이 이 땅을 지키며
반도의 허리 저 태백준령에서
해맞이 호미곶을 이어주는
이 나라 참교육의 도반이 되었도다
오, 고맙고 기쁘고 장하도다
그러나 그러나
우리 더 생각하자 - 서두르지 말고
정직이 이기는 세상을 위해
하루를 반성하며 열심히 공부하자-
그 옛날 굶주리며 거닐던
해당화 피던 자리 솔숲이 우거져도
우리들 푸른 꿈을 묻은
그때 그 모래밭은 아직도 뜨거우니

품品이라는 이름의 보탑寶塔 쌓기
― 팔질八耋의 시들이여, 파이팅

박남일

품品이라는 이름의 보탑寶塔 쌓기
― 팔질八秩의 시들이여, 파이팅

박 남 일 | 문학평론가

I.

그게 뭔지 그땐 몰랐었다. 천구백구십년대 말이었
을 것이다. 향촌동인지 종로인지 진골목이었던지 흐
리마리하다. 한창때의 내 시퍼런 정신 홀리던 음색
가진 이연실의 "오늘도 목로주점 흙바람벽엔 / 삼십
촉 백열등이 그네를 탄다"란 노래가 튀어나올 듯한
봉놋방에 정재익 대구문협 회장, 박곤걸 시인, 이장
희 시인, 박동희 부회장, 청전靑田(서상은) 시인, 도
광의 시인, 이은재 사무국장, 필자가 둘러앉았다. 그
게, 청전 시인과의 첫 만남이었다. 여든 중반인 여태

도 조쌀하지만, 그때는 지금의 내 나이도 안 된 진갑 무렵이어서 이목구비는 수려하고 체구는 우람했으며 목소리는 우렁우렁했다. 그런 그가 젊은 축인 사무국장과 내게 소맥烧麦을 만들어 건네는가 하면, 남새에 바다풀을 쟁인 위에 뭔 안줏감을 고추장에 찍어 얹어 돌돌 몽똥그려서는 우리의 입을 노리지 않는가. 황송하여 손바닥을 내밀었으나 받아들여지지 않고, 갈데없는 곽공郭公 새끼가 되어 벌건 부리를 벌릴 수밖에 없었다. 일곱 해 전 제2시집 『호미곶 아리랑』의 "예로부터 짚을 꼬아 부엌에 매어 달았으니 / 화기 먹고 말리었던 '청어'가 과메기 / (…) / 그 말 이제는 전국 식탁에 오르고"(「과메기」)를 읽으며, '아하 그게 바로 과메기였구나'란 생각이 시나브로 들었었다.

범꼬리곶虎尾串에서 나고 자란 덕이어선지, 그의 존안과 보체는 호랑이의 그것을 빼쏘아 성품과 거동이 호방하고 시원시원했다. 그러나 두 번 세 번 만남의 횟수가 늘면서, 다정다감하게 아랫사람을 꼼꼼히 챙겨 주는 그의 색다른 면을 접해 온 나는 대책 없이 경탄해 마지않을 뿐이다. 가히 강유겸전剛柔兼全의 본

보기라 할 만하다. 세밑이면 연하장 보내오기를 대여섯 번이었는데, 그럴 때마다 나는 기꺼워하기커녕 그 엽서가 종아리채 되어 '이 후레자식' 하며 닦아세우는 듯한 느낌을 받을 수밖에 없었다. 개과천선하리라 내 헐거운 맘 다잡기도 했건만 불 보듯 번한 작심삼일이었으니, '새해 행복하시기를' 짤따란 한마디 건네기는 끽해야 한두 번으로 끝나고 말았다.

그끄저께 들안길에서 점심을 같이 했다. "시 쓰기 전에 이름 알 만한 시인이 그러데요, '수필도 문학이냐고." 이미 들은 적 있는 터라 '문학 아니면 광대놀음이냐고 되물어 보시지 그랬어요' 하려다 그냥 웃고 말았다. 하나같이 제 글이 최고인 양해, 사람들 만나기를 꺼리게 되더란다. 그가 여전히 존경하는 글쟁이는 작고한 목인牧人 시인이란다. '서 시장님' 하시기에 하대하시라 해도 "그러면 밑의 사람들까지 낮추봐서 안 됩니다" 했단다. 가끔가다 목인〔"종로2가 진골목 미도다방에 가면 / 가슴에 훈장을 단 노인들이 / 저마다 보따리를 풀어 놓고 / 차 한 잔 값의 추억을 판다"(「美都茶香」)〕을 만나러 찻집엘 간다는 그에게는, 목인과 함께했던 시간이 더할 수 없이 행복

92

했었던 듯하다.

"미도다방에서 수성못으로 갔다 / 수없이 늘어선 포장마차들 / '아 팔아 주려면 몇 잔씩이라도 / 골고루 팔아 줘야지! 안 그래요' / 초입부터 차례로 돌아가며 / 한 잔 두 잔 달달하게 마셨더니 / 가게마다 금복주도 바닥나고 / 못물에 비친 낮달까지 불콰했다"(「牧人 전상렬全尙烈 시인」)

그때 그는 동인네거리와 신천교 사이 한길 가 빌딩—졸참나무 우듬지의 까치집 같은 높이—에 '일주무역' 사무실을 차려 놓고 있었다. 하오의 벽시계가 댕 댕 다섯 점을 칠 무렵이면 어김없이 목인이 "서 시장님, 지금쯤 가도 되겠습니까" 전화를 넣었고, 그는 "괜찮다마다요, 선생님 오십시오" 호기로운 너털웃음으로 응대했다. 사무실 언저리 뭉티기집 '장원식당'에서 '금복주'와 처녑 시켜 문학을 이야기하고, 수성못 가 빗살처럼 빽빽이 늘어선 포장마차엘 어깨 결은 채 비집고 들어 문단을 논하고, 상욕常辱을 하고, 그러고는 껄껄 웃어 젖혔다. "극락에서라도 / 잔 가득 채운 / 내 마음 받아 주오"[「못 잊어」, (『호미곶 아리랑』)]라며, 아직도 그는 그리워하고 있다.

II.

여섯 해 전 내가 서평을 썼던 제2시집에서는 그의 고향과 유년이 그려진 시편들이 많았었는데, 네 번째 시집 시들의 소재의 거지반은 '늙음'에 관한 것이다. 자그마치 산수傘壽를 넘어 쓴 시들이니 그럴밖에. 어쨌거나 가당찮은 열정이다. 목인 선생이 별말 없이 『아직도 나는』 해설을 청탁했었는데, 그게 마지막 시집이 돼 버렸다. 청전青田 시인은 마지막 시집이란 말을 재삼재사 곁들여 부탁해 왔기에, 몇 성상星霜 흘러 또 다른 시집을 선뵐 수도 있지 않을까 하는 생각을 나는 해 본다. 여든 살 시들이여, 파이팅.

다들 한 번쯤은
꽃이 되었다 가는,
저 자작하게 늙은
얼굴 보아라
평생 흘린
눈물 계곡 같은
주름살 하며
울음 가둔 눈자위

짓무른 자국 하며……
늙음도 실은
폐도행廢道行 형벌인걸
　　　　　 ― 「먹墨을 갈다가」

　백세 시대라고들 한다, 놀라운 일일진 몰라도 결
코 바람직한 건 아니다. 한 백 년을 바람에 갈리고
비에 씻긴다면, 생물이야 말할 나위 없고 당최 무너
지지 않을 듯한 탑신塔身인들 어이 고스란하랴. 자작
자작 수분 잦아든 살갗, "눈물 계곡 같은 / 주름살"과
진물진물한 눈가장쯤이야 약과다. 노질이란 긴병病
이기 십상이라 시난고난한다면 "죽지 못해 사는"(「백
세」) 고역일 뿐.

쇠푼이나 지녔다고
안하무인 망동하는
쇠가 쇠를 달구는
그런 꼴 많이 봤다
(…)
노망이 따로 없소
마, 입 꾹 다무시고

귀도 염殮하시오
저승길도 눈앞이니
　　　— 「저 영감탱이, 참」 부분

　육신만 그러하랴, 무릇 영과 육은 따로 놀지 않는
법. 온전하지 못한 육체에서 어찌 건전한 정신 기대
할라고. 깨깨 마른 늙다리들이 주고받는 거라고는
"목에 걸릴 말"들이고, "입만 떼면 한심한 넘('남'의
방언) 얘기"(「하인何人이 何人에게」)라니. "쇠푼이나
지녔다고" 눈 아래 사람이 없다는 듯 망령되게 설치
다니. 쇠가 쇠를 먹고 살이 살을 먹는 꼬락서니라니.
"거품 문" "입"들에서 "측은함"〔「하인何人이 (…)」〕을
느끼는 시인은 "그 백세란 말" "혹여 꿈꾸지도"(「백세」)
말자며 고개 가로흔든다. 그것은 다섯 중 마지막 복
인 고종명考終命(제命대로 살다가 편히 죽음)을 꿈꾼
다는 말 아니겠는가.

　해 저무는 공당空堂에
　모시적삼 걸어 두고

　먼 산 내다보니

96

내 짐짓 홍안紅顏이라

술도 끊었는데
가을은 노을처럼

아니 올 듯
슬쩍 오신가 보네
　　　— 「몰래 오는 가을」

　"순환적인 상징은 보통 네 개의 주된 양상으로 나누어진다. 즉 일 년의 사계절은 하루의 네 시기(아침, 정오, 저녁, 밤), 물의 주기의 네 개의 측면(비, 샘, 강, 바다나 눈), 인생의 네 시기(청년, 장년, 노년, 죽음) 등으로 각각 대응되고 있다."(노드롭 프라이Northrop Frye, 『비평의 해부Anatomy Of Criticism』) 군이 프라이를 읽을 필요가 있을까, 노년은 하루로 치면 저녁이고 한 해로 말하면 가을인 것을. 그러므로 시제 '몰래 오는 가을'은 곧 '몰래 오는 노년'이다. 시간적 배경은 가을에, 그것도 저녁이다. 그뿐이랴, 공간적 배경 또한 공당空堂 즉 텅 빈 집이다. 시의 분위기는 더없이 쓸쓸하다. 시적 표현은 또 어떤가. 너

나없이 그럴 테지만, 그 또한 늙지 않을 줄 또는 그
노년이 요롷듯 쉬 오리라곤 생각 못했던 것. '몰래
슬쩍 왔다'는 말은 얼마나 은근한지. "먼 산" 홍엽들
"내다보니" 제 얼굴도 좀은 붉어(젊어)진다는 착각은
'노년의 쓸쓸함'이란 주제를 드러내는 데 한몫한다.
이래저래 둥개둥개 얼러 주고 싶은 얼뚱아기 같은
시다.

> 육십까진 거울 속의 내가 나였다
> 칠십을 넘겨 팔십마저 삼키고 보니
> 거울 속의 나는 내가 아니었다
> 심한 파도에 밀려 줄무늬가 박힌
> 무잡하게 깨진 조개껍데기였다
> ─「시간의 거울」 부분

매에 장사 없고 "땡볕에 이길 장사 없"(「염천」)듯
"늙어 장사 없"(「외로워서 그립다」)으니, 꼬장꼬장하
던 그도 몸거울에 비친 자신의 모습이 "심한 파도에
밀려 / 줄무늬가 박힌 / 무잡하게 깨진 조개껍데기"
나 진배없다는 생각을 한다. 아닌 게 아니라 "붉그죽
죽" 이촉까지 "뽑"(「치과를 다니면서」)히고 "귀도 먹

먹 말도 어눌해"(「곡절」)지고 "노둣길" 아닌 "아스팔트길에"서도 "몸이 자꾸 비틀거린다"(「벼랑길 타령」) 그는 자신의 바깥 풍경을 "어둠에 / 희붐히 탈색되고 있"(「공터」)는 "지친 모노크롬"(「우울한 여행」)으로 인식한다. "지금 노래하고 있"는지 "울고 있"는지 분간 안 되는 "바람받이에 나앉은 (…) 늙은 새"(「마지막 길」)로 파악한다.

> 검불로 타다 남은 검은 재보다
> 눈비 바람에 파랗게 녹이 슬어
> 숙명같이 오래오래 녹이 슬어
> 동록銅綠의 푸른 재가 되었으면
>
> ──「재滓」

　죽고 못 살던 고놈 약주와도 담쌓고 벽 쳤는데도 (그날 飯酒도 나 혼자 했었다), 낡아 가는 몸은 어쩔 수 없는 것. 중요한 건 내면 아니겠는가. 그는 "좀 더 곱게 / 늙"기를 "때 묻지 않고 / 병들지 않고 / 좀 어리석게 / 살"(「허공에 붓질하며」)기를 작정하고 있다. '검은 재'와 '푸른 재'의 대비가 재미있다. 전자가 불에 타고 남은 가루 모양의 물질(재)이라면, 후자는 액체가 다 빠진 뒤 바닥에 남은 물질(침전물沈澱)이다. 그리고 검은색은 죽음이고, 푸른빛은 살아 있음이다. 그는 "검불로 타다 남은 검은 재" 아닌, "오래오래" "눈비 바람" 맞아 구리 거죽에 슨 푸른 녹이 되고자 한다. 녹綠은 곧 하나의 관록貫祿이다.

> 낫살도 격格이라서 / 격格은 품品을 쌓으면 / 중후한 탑이 됨을,
>
> ── 「저 영감탱이, 참」 부분

"느리게 느리게 / 걷다 쓰러지다 / 세월이 부르면 / 그냥 따라가"(「외로워서 그립다」)기만 해서야, 잊히지 않는 하나의 녹/의미로 남을 수 있겠는가. 지긋한 나이만으로도 어느 정도의 격이야 갖추었겠지만, 거기에 머무르지 않고 그는 품까지 쌓아 "중후한 탑이" 되고자 한다. 그리하여 그는 "그냥 잠들지 못하"고 "이생의 마지막 사랑 버리지 못하겠"(「다시 바다여」)다고 한다. "하루라도" "빚 갚는 일 / 용서하는 일" "미루지"(「미루지 말 일」) 않으려 한다. 이쯤에서 나는 입때껏 '品' 자를 예사로 보아 왔음을 문득

깨닫는다. 공들인 제상의 차례탑茶禮塔 같고, 천 년
세월에도 무너지지 않을 영락없는 탑이네.

　　길 잃어 허둥대는
　　잔파도 물결 속을
　　유유히 놀고 있는
　　눈이 까만 물고기
　　　　　　— 「독거獨居」

　영화 「졸업The Graduate」(1967)에서 동부의 명문
대학을 수석으로 졸업한 벤자민이 툭하면 침대에 엎
디어 수족관을 들여다본다. 갇힌 공간에서 조동이
빠끔거리는 수족水族들과 불확실한 미래를 답답해하
고 불안해하는 젊은이가 동격이다. 반면 마음 비우
고 노욕 버리고 격에 품을 쌓고 있는 노시인은 "눈이
까만 물고기" 되어 홀로 잔물결 속에서 "유유히 놀고
있"다. "어느 흐린 날 / 명목 없는 노골로 / 말없이
우레 속에 갇힐"(「홍매紅梅야」) 그날까지 이리 유유
자적한다면, 더없는 낙 아니랴. 그는 한술 더 뜬다,
돌연변이 시가 있다.

살아나라 겨울이여
유혹의 봄바람과
진땀 나는 폭염을 물리치고
차가운 동장군의
위용을 뽐내며

살아나라 겨울이여
바다 가녘에 갈매기 띄우고
우리 모두 그 바람에 살자
그 바다에 살자
— 「살아나라 겨울이여」 부분

산수傘壽의 시라고? 이립而立의 시 아니고? "매운
季節의 채쭉에 갈겨 / 마츰내 北方으로 휩쓸려오다
// 하늘도 그만 지쳐 끝난 高原 / 서리빨 칼날진 그
우에서"〔「絶頂」, 『陸史詩集』(서울출판사, 1946)〕는
이육사의 정신을 마주하는 듯하다.

가편佳篇 하나 읽는 것으로 짜름한 논의를 마물러
야겠다.

원색의 힐난 같은

그 희담戱談 밤 내내

후루룩 다 받아먹었더니

몸이 한쪽으로 기운다

무량한 영일만 완월이여

이 밤은 천생 누구랑

온몸에 향유라도 발라

돌고래 무동이나 타 볼까

　　　　　—「완월玩月」

　월색을 '항아姮娥의 익살'로, 등하색燈下色을 '돌고
래 어깨 타기'로 비유하다니. 고년 달빛이 좀 은근하
고 나긋나긋하면 백수白叟의 아랫도리를 근질근질하
게 할까. 이 밤 그의 육신이 녹작지근해지지는 않을
는지.